「あの時」七十六歳を振り返って

濱谷みな
HAMATANI Mina

文芸社

目次

※本書には現代においては差別用語とみなされる言葉もありますが、
当時の時代背景を鑑みてそのままにしてあります。
著者に差別の意図はございません。

一　遠い幼い頃の風景

第二次世界大戦、昭和二十年三月の大空襲で、私が生まれた家は焼けた。母と姉は家財を持ち出し生き延びた。その時、一歳の私は、母の背中で、B29が落とした多くの焼夷弾のキラキラする光を見て「きゃっきゃ」と喜んでいたそうだ。母に「親の気持ちも知らないで！」とよく言われた。よく生きていた。感謝しなければと思う。その後、父は建築家なので原子爆弾が落ちた広島にすぐに入ったらしい。

四歳の時、「新しいおうちが建つんだよ。見に行こう」と母と姉に連れられて、焼け跡に行った。あたり一面焼け野原で、ところどころ焼け残った家もあった。石垣で囲まれた高い階段のある角の土地だった。私はそのあたりで遊んでいて草で指を切った。厳しい母だったので、怒られるのが怖くて告げることができず、なめて血を止めたのを覚えている。

明治生まれの母の三十七歳の時の子なので「みな」。母とは現在の親子のような密着した関係ではなかった。当時はみんな必死で一日一日を生きていた。しかし私はその頃から神経質で、親にさえ甘えることを知らない子どもだった。手を切ったその時の光景が、私の最初の記憶である。


父は有名な銀行の建築技師であった。一級建築士である。その百坪の土地に、まだ建築統制のある昭和二十四年頃に、古い材木を集めて小さな家を建てた。八畳の寝室兼客間、六畳の掘りごたつのある茶の間、台所、風呂場、洗面所、便所、大きな玄関、その周りに廊下があった。あとでわかったことであるが、その不動産は、父が母に贈与したものであり母名義である。贈与税も父が支払ったそうだ。

父と母は戦争中に何か揉めごとがあり、入籍できずに別れたようである。父には一人の娘（長女）がいて、母にも一人の娘（姉）がいた。

私は父と母との間の唯一の子である。

人生の最初のこの指を切った焼け野原の記憶は、明るいものではなく、とはいえ悲しいものでもなく、何かぼんやりとした薄暗いものである。


幼稚園入園の前に引っ越し、一年間幼稚園に行き、小学校に入学する。

私は、おとなしくてぼんやりした子どもだった。けれども、どこかきりっとした芯のある性格でもあったようである。決して天真爛漫な性格ではなかった。が、母乳を三歳まで飲んでいたらしいので、母子関係は構築されていたと言ってよいだろう。だから、その後さまざまなことがあっても、大きく道を外れなかったという分析ができると思う。

姉は十四歳上だったので、よく面倒を見てもらった。母と姉に守られ、言われるがまま育ったように思う。

しかし戦後はみんな貧しかった。お米は配給で小学校までもらいに行き、私は珍しい光景にうれしくなって、自分の背中にしょって帰った。米穀通帳があった。私が初めて白米を口にした時、おいしくて目をパチクリしながら食べていたと、よく言われた。

新しい家には父の姿はなかった。「お父ちゃんは？」と聞くと母から「東京でお仕事」との返事があった。私にとって父は、土曜日に（その時代は半ドン）帰ってくる人という認識だった。外で遊んでいても、父の姿が見えると、家に飛んで帰った。一緒にお風呂に入る。父は変わった洗い方をした。まず初めにタオルではなく、体に直に石鹸をぬる。そしてタオルでごしごしと洗うのである。風呂場の外に「フンドシ」があったことを覚えている。

父の膝に乗って、自転車（あお向けに寝ころんだ父の足の裏に私を乗せて、父が足を動かせる遊び）をしてもらった記憶もある。父はお風呂から上がると、夕食ができるまで少し仮眠をとる。夕食は四人で食べたが話をした記憶はない。食事中のおしゃべりは、行儀が悪いという躾が残っていた時代だった。父には一品多いおかずがついていた。

そのあと父母が一夜を共にしたのか、父がいつどこに帰ったのか私は知らない。朝、父の姿はなかった。もう仕事に行ったと。幼いながらもおかしいと感じた。家の中に父の存在を示す物がなかったのである。あるのは下駄、衣桁《いこう》にかかっている着物、帯、丹前のみ。普通の家族ではないと思った。それを心の奥にしまった。しかし、父親を戦争でなくした友達も多かった。そのような家では表札の横に「遺族の家」と書いてある時代だった。

二　アルベルト・シュヴァイツァー

小学校五年生の教室。東側の窓から、やさしい陽ざしが差し込んでいた。その時の座席の位置、教室の状況など、今でもはっきり覚えている。

国語の教科書の左の一ページ、二十世紀の偉人アルベルト・シュヴァイツァーの少年時代の話である。

友達と遊んでいた時に「木にとまっている鳥をパチンコ（ふたまたに分かれた木、ゴム、小石で作ったもの）で打て！」と言われるが、少年シュヴァイツァーはゴムを放つことができなかった。鳥を殺す（傷つける）ことができなかったのだ。友達から意気地なしと笑われ、家に走って帰ったという内容である。この出来事が、彼の生涯の活動の原点となる。

シュヴァイツァーは牧師の子として、フランスのアルザス地方（当時ドイツ領）に生まれる。神学と哲学と音楽を学ぶ。ある時、パリの宣教師教会の冊子の「コンゴ地方の宣教師に欠乏せるもの」という記事に目が留まった。彼は三十歳まで自分のしたいことをする、その後は今の幸福の恩返しのため、直接人類の奉仕の生活に入る、という思いを持っていた。この記事を読み、医師になるために医学部に入学し、アフリカに行くことを決心するのである。

この文章を読んだ時、私の時は止まった。動けなくなった。あの教科書の一ページが私をとらえた。私にとっても、生き方の原点となった。そしてアルベルト・シュヴァイツァーが、私の父親像となったのである。

図書館で彼の本を全て借りて、むさぼり読んだ。アフリカの土地で黒人の治療を続け、現在生きている人であるということに現実感を持った。

小学、中学、高校時代に彼の著作を、彼に関する本をほぼ全て読んだ。『生命への畏敬』は難関な内容だった。この言葉が私の生きる道しるべになる。

大学時代には、神戸を訪問された娘さんの講演を聞きに行った。「シュヴァイツァーの会」にも入会した。私の周囲には、私の話を聞いても関心を示す人はいなかった。後年、彼の「人間はみな兄弟」「人間はみな同胞」という言葉に対して、上から目線ではないかと非難が起きた。しかしあの時代に、黒人を「兄弟」「同胞」であると言ったことは、勇気ある行為であると思う。

『きけわだつみのこえ』『アンネの日記　光ほのかに』『夜と霧』等のノンフィクションの世界に繋がった。昭和時代の生き字引である澤地久枝氏の本も全て読んだ。自宅リビングにある大きな本棚にこれらの本が詰まっている。私の自慢の一つだが、訪れた人はこの本棚を見て、私の思想に驚く。珍しい考え方なのかもしれない。

中学三年生の時、自分も医者になってアフリカに行きたいと思った。が、医者になる頭脳はないことに気がつき、看護師志望となる。しかし、高校の生物の授業で蛙の解剖をさせられた。五人に一匹。私はどうしてもハサミで切ることができなかった。ちらっと見ることしかできなかった。これでは、看護師もだめだと悟った。

進学校なので、誰も迷うことなく京大、阪大、市大、大阪女子大等の有名大学を志望していた。私はその中で、混沌とした三年間を過ごした。

三　両親について

私は、明治三十年大阪生まれの父と、明治四十一年富山生まれの母の間に生まれた子である。

のちにわかったことであるが、姉は、母が父と知り合う前の男性（株式仲買人）との間の子であった。姉はその男性の籍に入れられず、母の兄の戸籍に入れられた。そのため姉は母の氏を名乗っていた期間があった。昭和五年生まれで、私とは十四歳離れていた。

父は祖父を早くに亡くし、若くして戸主となった。

父は当時の旧制中学から、建築の専門学校に行くことになる。大学に行く学力もお金もあったが、戸主として早く仕事に就く必要があったと聞いている。一級建築士の資格をとり、有名な銀行の建築技師となり九十歳近くまで仕事をしていた。建築業界では知られた人である。後年、旧制中学から今の阪大に進み出世をした同級生をうらやましく思ったらしい。銀行の頭取も大学卒でなければなれなかったと後悔していたようである。

母は高等小学校卒で女学校には行っていない。

父は、幼馴染の女性との間に娘（以後、長女と呼ぶ）が生まれていて、その子は父の姉が育てた。父方の祖母のことは聞いたことはない。その後、父は九州の女性と結婚する。たぶん見合い結婚であると思われる。長女はその妻との間の子として籍が入れられた。だから長女は私生児ではなく、嫡出子としての人生を歩む。父のその結婚は、子にも恵まれずうまくいかなかった。女性は九州に戻る。だがなかなか離婚の話が進まず、その間に父と母が出会うことになった。父と母は、結婚する約束をして生活をともにした。姉の戸籍には父が認知をした記述がある。戦前の戸籍なので、父の戸籍には認知の記述はない。自分の子ではない子（姉）を認知までして、母と結婚したかった時期があったということの証であると私は思う。

父母と長女、姉と四人で生活をしている写真が数枚ある。裕福そうな写真である。だから姉は、父の子であることに疑問をもたなかった。母の死後、従妹からこの事実が知らされたが、父の遺産も母の代わりにもらうと言って、私と同じ額のものを相続した。姉は明るい性格で、物事に拘らない。私とは正反対の性格だ。私は父の実の子であるのに、ずっと父親は誰なのか、母親は誰なのかと疑問を持って大きくなった。

母は美しい人であった。富山の写真館に一輪の薔薇の花を持った母の写真が飾ってあったと誰かに聞いた。その写真は今、私の手元にある。私は母から「かわいい」とか「美人だ」とか言われたことは一度もない。自分と母を比べてずっと劣等感を持って育った。母から褒められたこともない。

戦時中、昭和十九年に私が生まれる。

戦争をはさんで、父は東京に転勤し、新しい女性（芸者）と知り合った。その後また大阪勤務となる。その頃には九州の女性との離婚が成立していたので、籍を入れた。母の知らないところでの出来事である。母の兄も入り、話し合いが続いたようである。かなり揉めたのだろう。その結果、母への土地家屋の贈与となったらしい。

父が再婚したあと、私が生まれた。母はどうしても父の氏「濱谷」を名乗らせたかったのだろう。苦肉の策で、父の再婚相手の女性の養女として籍が入れられた。父の実子なのに、嫡出子ではなく、認知である。親権者は父で、監護者が母ということであろう。父の遺産相続の時、法律的に稀有なケースであったようで、弁護士によって見解が分かれ、また、このような戸籍がつくれるのだろうかとの疑問も出たらしい。戦後の混乱期のことであった。

中学校の就学通知が自宅に送付される頃であった。担任がみんなの前で、「濱谷さんの家は校区にあるのに、おかしいわね」と言った。通知が遅れているのは私だけではなく数人いた。なぜ私だけあえて名指しをしたのか、私は奇妙に思った。住民票がどうなっていたか知らないが、父の住所は隣の区であり、そこは中学の校区ではなかった。

高校受験になると、学校側としては、受験生を緊張させないように願書をまとめて提出した。戸籍謄本や住民票が必要となるので、私の場合は、母が直接高校に願書を提出した。試験の時、私は友達と一緒の教室ではなかった。

高校生になった頃、父は時々来て夕食を共にし、その後、どこかに帰って行った。私の自宅は高級住宅街にあったが、家の中は火の車だった。父が母に渡す生活費が十分でなかったのか、母が浪費したのか、母は兄や知人に借金をしていたらしいし、自転車操業状態であったと思われる。姉は当時の女学校を卒業し仕事には就かず、家事手伝いをしながら花嫁修業をしていた。

私は、学年が上がり教科書をもらうと早く勉強がしたかった。新しいノートを買いに行きたいと母に言っても、お金がない時もあった。中学校の同窓会に着ていく服がなく欠席したこともある。小学校六年生で背丈が一五〇センチメートル近くあったので、小学生の半コートを高校生になっても着ていた。

トイレは汲み取り、冷蔵庫は氷を入れる木の冷蔵庫、台風で家の周りの塀が倒れたこともある。その頃は、貧しいことが非常に恥ずかしかった。外から見るとお屋敷に見えるので、お嬢さんと思われていたようであるが。

父は大阪でよく言われる、いわゆる「けち」な性格だった。母と姉は、あればあるだけ使う人である。私は父のＤＮＡを引き継いだようだ。決して「けち」ではないが倹約はする。しかし必要となれば大金を惜しまず使う。現在もそうである。

やはりどこかおかしいと、私は一人悩み続けた。

出自が明確でないと自己のアイデンティティーを形成することができない。自己評価が低くなり、自己を認めることができなくなり、思春期を乗り越えることが困難になる。

私は、父親像を「アルベルト・シュヴァイツァー」に求め、何とかアイデンティティーを形成することができ自立できたが、私の自信のなさ、寂しげな外見は今も変わってはいない。

四　意を決して

高校生の時、私は小学校五年、六年の時の女性の担任に、思い余って出自のことを聞きに行った。この先生が事実を知っているとの確信があったからだ。

しかし、先生は開口一番「お父さんが二つの家庭を維持することなんて不可能。いくら収入が多くてもそれは無理だ」と話された。失望した。結論だけでなく、私の思いを聞いてほしかった、私の気持ちを受けとめてほしかった。

先生は、私と会うことが決まった時に、すぐに母と打ち合わせをしていたようである。当時は電話がなかったので、学校の用務員さんを走らせ、母に事の次第を報告したそうだ。生徒ではなく保護者の味方になった。

　後日、私は出自について母に詰問した。私が聞きたかったことは、事実と、私は望まれて生まれてきたのかということの二点であった。母は「大きくなったら説明するつもりだった」と言った。大きくなるとは何歳なのか？　母は、姉には死ぬまで事実を話さなかった人である。私が聞かなかったら話さないで、見合い結婚をさせ、生涯事実を明かさなかっただろう。子どもは小さい大人ではない、だが子どもは全て感じている。本当のことを知り、自分が生まれてきて良かったのだという、自己肯定感がほしかったのである。

　また父の悪口は聞きたくなかった。なぜなら、私は父のＤＮＡを受け継いでいるのだから。母は父を好きになり、愛を育んだのではないか。子が、親の悪口のみ聞かされたら、そのＤＮＡのマイナス要因を背負って生きていかなければならない。私の場合は、父は「恋多き男性」であったということである。自分も父のようになるのではないかという漠然とした不安が生じた。またそのような父に男を感じ、遠ざかった時期もあった。

母から事実を聞いたこの時、私は親から精神的に自立ができたのかもしれない。子に責任はない。子はこれから「幸せ」を求めて、生きていく。大人の視点からではなく、子の視点から、子を見つめてほしい。それが子を助けることになり、そして子は顔を上げて歩むことができるようになるのである。

父母の間に諍《いさか》いがあったことは事実である。しかし、どちらか一方が百パーセント悪いということはない。人間関係は相互関係であるのだから。母にもいたらないところがあったはずである。単に相性が悪かったということかもしれない。

母はどうしても私に、父の氏「濱谷」を名乗らせたかった。それは母が父を愛していた証であり、この出会いの最後の願いではなかったか。またそれは、私の将来を思って、最良のことだと父母が考えた結果であろう。子はそのことのみで、十分に、納得できるのである。

私は、父の再婚相手の人の養女として、父の戸籍に入った。

その養母が亡くなった時、私に遺産相続が発生した。配偶者と子どもが二分の一ずつ。父から相続放棄をするよう要請があった。母からも相続放棄しなさいと話があった。私はあまり考えずに、というか、大学進学費用、結婚式等の費用を出してもらったことで十分に感謝していた。福祉に進み、お金には興味がなかったせいもあり、相続放棄の手続きをした。その時、父は、今後金銭的に困ることがあれば出してやるからと言った。

余談になるが、養母が亡くなった時、父から母に籍を入れる話が出たようである。母は断ったと聞いた。体が弱かった母（結核を患っていたこともある）は、父と長女夫婦と一緒に生活するより、その時の楽な生活を選んだのだろう。だが私としては子の気持ちも聞いてほしかった。なぜなら母が籍を入れれば、私は私生児から嫡出子になれたのだから。

また約十年後、父の代理人から、被相続人（父）の生存中の遺留分放棄の調停申立てが家庭裁判所に出された。父は八十歳を過ぎていた。たぶん、長女の配偶者（父の養子）の考えだったのだろう。これもまた母は同意するように言った。その時、私はまだ調停委員ではなかったが、自分の意思でないのに家庭裁判所で承認することに抵抗感を覚えた。正義感が強い子であった。だから出頭しなかった。

中立人である私が何度も出頭しないので、家庭裁判所の調査官の家庭訪問が入った。私は自分が調停を中立てたのではないこと、私の知らないところで話が進んだこと、私の意思ではないことを述べた。

その後、父は代理人と共に私の家に来た。再度私の意思を確認したかったらしい。私は父の財産がどれだけあるか知らないが、父の生存中に相続放棄をすることは考えていない。それも遺留分放棄（遺言書が書かれることが前提）だ。相続が発生した時にどうするか考えたいと、父にはっきり言った。父とのわずかな関係が切れるかもしれないと思いながら。

しかし、父は私の気持ちを受けとめてくれた。

父と私は親密に接することもなく、深い話をしたこともない。父の生存中に、私は父に恨みごとを言ったこともなく金銭的にも頼らなかった。父は子が成長したことを喜んだのではないかと思う。理解してくれた。このことから私は、父に対するわだかまりがなくなった。出自を昇華できたのだと思う。調停は取下げられた。

今、私は月十万円の年金とわずかな稼ぎと父の遺産で何とか生活をしている。贅沢をしなければ、そこそこの豊かな生活ができる。今住んでいる土地は母の相続で得たものである。姉六割私が四割で相続をした。その土地に家を建てた。結局、父の残した財産で人生の後半を生活しているのである。父とのこと、出自のことは、プラスマイナス、ゼロである。姉は相続した遺産をほとんど使って亡くなった。旅行、宝石、一人娘（姪）への支援等に。

今となれば、この父、母の子で良かったと思う。そのことを父母に伝えたかった。

長女もいろいろな女性に育てられ、苦労もあったと思う。しかし、経済的にはいつも裕福であり、結婚も有名な建築会社の人を養子に迎え順調な生活をしている。また戸籍には問題はない。これもまたプラスマイナス、ゼロかもしれない。

私が男の子だったら、跡取りとして父の下で育てられただろう。実際私が生まれてすぐ、義母が男女どちらなのかを見に来たらしい。父の仕事ぶりを目の前にしながら義母に育てられるほうが良かったのか、母の下で出自を気にしながら育ったのが良かったのか、それはわからない。

人生にもプラスとマイナスがあり、結果的にはみんなゼロで、公平なのかもしれないと、私はそう思うようになった。


父のお通夜の時、私は家族五人で行ったが親族としては扱われなかった。養子からではなく、その長男から断られた。この差別を許せなかった私は、葬儀には参列しなかった。姉は一般席で参列していた。

五　進学

私は大人を信頼できなくなっていた。親も先生も、子どもに寄り添ってくれなかった。私は心の底から、子どもに寄り添う大人になりたいと思った。

子どもが困った時に相談できる職業がないかと考えた。私が求めたのは、学校の先生ではなく、親戚の人でもなく、平等に接してくれる人と制度だった。

映画「二十四の瞳」が話題となっていた。あの大石先生のようにへき地の先生になるのはどうだろうか。子どもの生活にまるごと寄り添う姿は理想に近いと思った。が、よく考えると、教師には転勤がある。へき地の学校にずっと勤務することはできない。

次に、保母（今は保育士）さんはどうだろうか。孤児院（今の児童養護施設）の保母さんなら、子どもに寄り添えると。これだと思った。

私のＤＮＡが遺伝したのか、長女は保育士になった。その長女の男の子の孫は中学校の教師のたまごである。女の子の孫は来年の四月から看護学校に進学する。祖母の私にとっては、内心うれしいことである。


受験雑誌「蛍雪時代」を買って、保母資格が取れる学校を探した。探していると、「保母」という仕事の上に「福祉」という概念があることを知った。現在のように、まだ世の中に「福祉」という言葉が浸透していない時代であった。

ページをめくっていくと、ある大学に目がとまった。日本で初めて「社会学部」を創設した大学である。そこには「社会福祉学」ではない、社会学の一分野「福祉社会学」であると大きな字で書かれていた。だから文学部の社会福祉学科から独立し、社会学部を創設したのだとの説明があった。「若人よ　来たれ！」と。この大学だと確信した。関西の有名なクリスチャン系の総合大学である。ここなら何とか手が届きそうだ。私と同じ高校の学生たちも国公立大学を受験し、その滑り止めとして毎年百名以上受験していた。「理論社会学」「農村社会学」「都市社会学」「広報社会学」「福祉社会学」

福祉を学ぶことのできる大学は他にもあったが、文学部や家政学部に属していた。「社会学部」に属する学問であるということが、私の気持ちにフィットした。東京には「東京社会事業大学」、名古屋には「日本福祉大学」、東北には「東北福祉短期大学（現在の東北福祉大学）」があった。大阪には全国で一番古い「大阪府立社会事業短期大学（現在は大阪府立大学と合併）」があった。

この短期大学からは、大阪の創世記の福祉を担った人材がたくさん輩出されている。しかし単科大学では、視野が狭くなるのではないかと思った。また自宅から通学可能となると絞られてくる。みんなが国公立の大学を受験する高校であったが、私はその私学のみを受験することに決めた。滑り止めを大阪府立社会事業短期大学にすることにした。進路は決まった。

しかし当時、福祉を目指す生徒はいなかった。担任にも福祉など理解してもらえなかった。その私学の社会学部は二年前に創設されたので、私の高校から受験した生徒は少ない。そのため合否の資料がないと言われた。合格率が高い他の私学を受けろと言われた。高校側としては、何人合格するかが大切なのである。しかし勧められた大学には福祉を学ぶ学部も学科もない。私はその担任をさげすんだ。私は結局自分で選び、担任の助言に逆らった。受験する学校は決まった。

だが母には猛反対された。母はせめて文学部にと。近くに大阪府立女子大学（現在は大阪府立大学と合併）がある。女子の多くが合格していた。しかし私はなぜか、女子だけが学ぶ大学に進学する気持ちにならなかった。トイレにも一緒に行くという女性特有の雰囲気に自分は合わないと漠然と思っていたのだろう。また、幼稚園、小学校、中学校、高等学校と、自宅からだんだん近くなっている。このうえ大学にまで歩いて通学するのは嫌だった。外の世界に飛び出したかった。

母は、女の子は花嫁修業をして見合い結婚をするものだという考えの人であった。「勉強しなさい」と言われたことは一度もない。むしろ女に学問は要らないと。通知表が良くても褒められなかったし、テストの点数や順位にも興味を示さなかった。ただ世間体を非常に気にした。躾はきびしかった。

中学進学時には、父の知人が学院長をしている、短大までエスカレーター式の私立の中学校への進学を勧められた。当時は余程の良家のお嬢様か下の成績の子以外は、校区の中学校に進学した。私も同じように校区の中学に入学した。高校進学時にも、母はその私立高への進学を考えていたようである。だが自宅から数分のところに、校区で一番の公立の進学校があった。成績は合格圏内だったので、母はあえて反対しなかった。近いので寄り道ができないことも反対しなかった理由であろう。

姉は母の路線に従い、父の知人の女学校に行き、卒業後仕事はせずに、家事手伝いをしながら花嫁修業し、見合い結婚をした。

私は母や姉のようにはなりたくなかった。男女を問わず仕事をするのが、当たり前だと考えていた。

母が父に「卒業式があるから着物を買いたい」と言って手を出し、お金をもらっているのを目にするのが、とても嫌だった。私は自分が働いて自分のお金でものを買いたい、男性に養われるのではなく、同等の人格でありたいと、その頃から考えていた。

入学したその進学校では、成績が全てであった。成績の良い生徒が良い生徒だと認められていた。「全人教育」と謳われていたが、入学式での校長の話は、大学進学のことばかりであった。今、あこがれのこの高校に合格したのだ。せめて「この学校で学び、どのような将来像を築くのかを考えてほしい」と言ってほしかった。良い思い出はない。灰色の高校生活だった。

この高校に進学をして唯一良かったこと。それは、生まれつきの頭脳は努力で補えるものではないとわかったことである。数学や物理など、前日予習しガイドで解答を見ても私には理解できないところがあった。翌日その問題を何も記入していない教科書だけを持って、黒板に解答を書く生徒がいたのである。

「あー頭の良さは生まれもったものなのだ」

私はどの程度の頭なのかを悟った。努力は必要である。頭が良くても努力をしなければ、何事も成就しない。しかし、遺伝的要素は努力で変えられるものではないと。このことは、子育てや世の中に出た時に役立った。自分の位置は上の上ではない。上の中であることを思い知った。そのとおり、私は何をしても二番手だった。

母が反対したので、父に直談判した。「大学に行きたい。私立だが、授業料をお願いします」と頼んだ。父は詳しいことは聞かず、承諾した。父は、娘が自分が行けなかった大学を受験することが、内心嬉しかったのではなかろうか。

希望の大学に合格していなかったら、私の人生は大きく変わっていただろう。私はまたもや母の反対を押し切った。

人生の大きな分かれ路だった。

合格後、父と母と私と三人で初めての外出をした。髙島屋百貨店に行って、私服を買ってもらった。スーツ、スカート、ブレザー、全て私の大好きな色グリーンの。そう白いセーターも。これらの服は四年間着続けた。

百貨店で父と何か会話をしたのかの記憶はない。三人ともそれぞれ心にわだかまりがあって、素直に話せなかったのかもしれない。

今思う。なぜもっと父に服を買ってほしいとねだって、何回も三人で出かけなかったのだろう。回数を重ねるうちに、会話もできたであろうに。若い私は、大学の環境に慣れることに精いっぱいで、両親のことを考える余裕がなかった。若さとは恐ろしいものである。自己中心的であり、自分が前に進むことしか考えていない、周囲の人のことなど考えていないのである。


社会学部に合格したのは、高校から私一人だった。何もかもが新鮮だった。私のことなど誰も知らない。新しい集団に入るのが心地良かった。私の生活に新しい風が入ってきた。

この大学で私は四年間しっかりと勉強した。早く福祉の専門科目を学びたかったので、「社会福祉研究会」に入った。また小学校から合唱部に入っていたので、迷わず「混声合唱団エゴラド（どら声・ドラゴエの逆読み）」に入部した。

日本一美しいキャンパスだった。大きなカバンを持って、自慢の三日月にSocialとある校章をつけて、顔を上げて歩いていた。灰色の高校生活は遠くなった。私の人生であの頃が一番輝いていたのではなかろうか。

ゼミの教授は『専門社会事業研究』という難関な本を書かれた日本の福祉で一、二と称される教授であった。ゼミは厳しかった。八時半から始まる。毎回宿題が出る。三、四年生での二年間の実習もみっちりあった。私は児童相談所に行った。その時、同じ実習先に行った三人とはずっと交流が続いた。しかし親友と言える女性は、七十歳前にがんで亡くなった。あと一人は男性でのちに登場する。彼はその実習先の児童相談所に就職した。悲しいかなその年は男性のみの採用であった。

ゼミは二十一人（男性八人、女性十三人）。二十一人全てが就職した、いや、仕事をしたのである。あの時代、大学卒の女性が働く職場は教師、看護師等に限られていた。その大学では理学部、社会学部の社会福祉専攻以外で就職した女性は少なかった。経済学部、商学部、法学部の学生はほとんど男性で女性は数人である。福祉の職場は男女平等であり、役所、病院、家庭裁判所の調査官、相談機関等の専門職である。先輩たちは、児童養護施設に住み込みで働き、我々後輩の道を開拓してくださった。

全学部の卒業式に着物を着なかったのは、このゼミの十三人だけであろう。「なんで、卒業式に振袖を着な、あかんの?」とみんな思っていた、ちょっと変わった集団である。服装も地味で、おしゃれとは遠いところにいた。「私たちは、遊ぶために大学に入学したのではない。福祉等の仕事に就くため、勉強するために進学したのだ」という自負があった。堅実であった。今も時々集うが、やはり少し変わっている。そしてみんな思いやりがあり、精神的に自立している。特に女性はそうだ。

夏休みには、「社会福祉研究会」の多くは野外活動協会、各新聞社の福祉事業団のキャンプカウンセラーとして活動した。キャンプ場に子どもたちを迎えた。私は、浜寺の旧米軍施設のコテージで、一か月ほど、真っ黒になって過ごした。草刈からトイレ掃除、食事の支度、洗濯等、ゲームや歌などの準備をした。いろいろな大学から集まってきていた。看護師、栄養士も。大阪府が開発した能勢のキャンプ場も一から開拓した。トラックの荷台にも乗った。マムシが出る田舎である。みんな互いにあだ名をつけた。私は「いとはん」。

　浜寺に行く電車で、初老の男の人から「何をしているの？」と声をかけられた。当時、珍しかったGパンをはいて、胸に「○○キャンプ場」と印刷してあるTシャツを着て、真っ黒な顔に三つ編みの髪、大きなリュックサックを担いだ女の子が電車に乗っているのだから。

　このような夏を過ごし、九月にキャンパスに戻る。きれいな服を着てキャンパスを歩く人たちを見て、何か違和感をもった。私たちはそれらの人たちに対して抵抗し、ズボン（その当時女性ははいていない）をはいて少しの間通学したこともある。じろじろ見られたが、ゼミの教室に入るとほっとした。

　六大学が集まり「社会福祉大会」なるものを、持ち回りで開催した。それらの大学には、それぞれ考え方が異なる教授がおられた。各学生は自分たちの教授の主義主張を発表する。そのことが面白かった。福祉の理論は社会情勢の変化によって、どんどん変化する。今は人間科学科と称する大学が多い。

この大学、学部、ゼミは私を育ててくれた。ここからみんなそれぞれの場に巣立っていった。それと同時にまたもや私は父母から自立した。出自のことは完全に昇華できた。いろんなバイトも経験した。卒業論文は「学校カウンセラーの一考察」である。当時の学校は、生活指導の教師が非行少年を中心に指導していた。私は、成績で生徒たちの人格を判断する教師ではなく、外部から専門のカウンセラーが入り、相談をするシステムが必要であると考え一考察をまとめた。この教授のゼミでは卒業論文にケース記録をつけることが必須であった。

六　出会いから結婚へ

私の結婚相手の条件はひとつ。タバコを吸わない人である。

お酒には一利あるが、タバコには「百害あって一利なし」。健康に良くない、周囲の人の健康にも悪影響を及ぼす。またポイ捨て等ごみを出す。いったい誰が掃除をするのか。今でも、自宅の溝に時々、通りすがりの喫煙者の吸い殻が捨ててある。

このように一利もないことがわかっていながら吸う、意思の弱い人が嫌いなのだ。

彼との出会いは大学二年生の夏、浜寺のキャンプ場である。一年生からでないのは、キャンプカウンセラーの活動は男女の宿泊を伴うということで母が反対したからである。同じ大学の同じ学部の二年先輩で、社会福祉研究会のメンバーなので話をしたことはあった。夏休みにキャンプ場で計約一か月間寝食を共にした。その男性の行動力に驚いた。今まで出会ったことのないタイプの男性だった。四年生なので、そのキャンプ場の助監督のような存在であり、朝早くから夜遅くまで何かしら忙しくしていた。

夜明け五時半、誰かの足音が聞こえて目が覚めた。コテージのカーテンを開けてのぞくと彼だった。彼は右も左もわからない初心者に、子どもたちを迎える準備と子どもたちに接する技術等を教えていた。気になる存在ではあったが、その時はそれ以上の存在ではなかった。

夏休みが終わり後期の授業が始まった。彼が話しかけてくることが多くなった。いろんな話をした。紆余曲折があったが、秋に交際してほしいと強引にせまられた。私は「好きだ」と言われると、生理的に受け入れない人以外は、断り切れないところがある。おとなしそうに見えるが、どこか芯が通っていて表裏のない私に、彼は興味を持ったのだろう。

性格の違い、自分にないものを持っていることで、互いに惹かれたのだと思う。その彼と秋から付き合うことになった。

彼は四年生で、地方公務員の児童福祉士としての就職が内定していた。たぶん卒業するまでに、私をつかまえておきたかったのだろう。

母が私に生い立ちを告げた時、「貴女の結婚は、父母が籍を入れていないということを受け入れてくれる人ではないといけない」と言った。この言葉は私に大きな負い目を背負わせることになる。

こんなことがあった。英会話教室の同窓の商社マンから「勉強が嫌いな末っ子の妹の家庭教師をしてくれないか」と依頼され、数年通った。

ある時、その子の誕生日にご自宅での夕食に招かれた。家族全員（両親、兄、長女）がそろっていた。末っ子の誕生日を祝う温かい雰囲気ではなく、奇妙な会食であった。あとで思えば、この会食は長男の嫁としての値踏みの会合で、第一印象は合格だったのだろう。

その後も教えに行っていた。ところが、ある日突然お母さんに電話で言われたのだ。「他の人が来ることになったから、辞めてください」と。たぶん身元を調べたのだろうと思われる。後日その商社マンから「すまなかった」との手紙が届いた。妹さんに挨拶することもできず、すっきりとしない気持ちが残った。

「妾」「二号さん」という単語が嫌いである。また「妾の子」「二号さんの子」という言葉も聞きたくない。それは男女の形態であって、子には罪も責任もない。そのことを十分受けて生きている子に、どうしてそのような言葉を投げかけるのか。言った人は相手にどのような感情をもたらすのかを考えていない。からかい半分かもしれない。私はこの単語を口に出すことはない。

中学、高校時代にラブレター等が送られてくると（当時は固定、携帯電話がない時代である）、母から「貴女に隙があるからこんなものがくるのだ！」と叱られた。だから気になる男性が現れても、母には話せず相談することもなかった。彼との交際も言わなかった。お互いひと時でも多く一緒にいたかった。それを叶えるのは結婚であると考えた。あまりにも幼かった。

彼には出自のことも話した。タバコのことも話した。彼は付き合うならタバコはやめるとはっきり言った。しかし、結果的にはやめなかった。私の前では吸わなかったが。

彼からも家族のことを聞いた。問題はないが、七人兄弟で、両親は戦時中に大阪から故郷九州に戻り商売をしている。大阪に住む長女夫婦に長年子ができなかったので、彼が中学から長女夫婦の下で生活することになる。彼は両親に捨てられたという思いを持っていたのではないか。養育費を両親が送っていたのか、姉夫婦が出していたのか定かではないが、私立大学の高等部に進学している。

彼は姉のことを「姉御」と称し全て従っていた。だから私には姑が二人いたことになる。後日、姉夫婦に男児が産まれ、彼は地方公務員の寮生活を始める。彼は自分の心がやすらぐ場を早く作りたくなったのだろう。

私が卒業し、家庭児童相談室の相談員になって一年目だった。

彼は結婚を急いだ。当時は卒業後すぐに結婚する友人も多かった。大学を出ると二十二歳、大学に行くと婚期が遅くなると言われていた時代である。

彼は結婚をしたいと、母に言いに来た。母は彼を一目見、話をして大反対した。今ならわかる。なぜ母が反対したのか。彼は父とよく似ていたのである。体格、体質、行動的な性格が似ていたのだ。だから母は本能的に反対したのだろう。反対の理由は言わなかった。直感だったから言えなかったのだろう。

父はそれなりに出世したが、彼は一匹狼であった。同僚と一緒に物事を考えて行動する人ではない。物事がうまく進まないと「相手が悪い」と言い、自己を振りかえって反省はしない。そして居心地のよいところを探す。公務員には向いていなかった。行動ありき、考える前に走り、走りながらも考えない。走ったあとも考えない。私は石橋を叩いても渡らない。互いに正反対の性格である。互いを尊敬し合い補い合えることができれば良い夫婦になっていたのだろう。

結婚までに、「えっ！」「なんで！」と彼の言動に納得できないこともあった。が、一度決めたことを翻意することはできなかった。立ち止まるという選択肢もあったであろうが。これは私の自己決定である。

父が間に入り、何とか結婚式を挙げた。私は二十三歳、夫は二十五歳の五月であった。母は最後まで式には出ないと言っていた。なぜそこまで反対したのか聞いておくべきであったと反省している。それでも母は箒での畳の掃除の仕方と、着物の畳み方だけは教えてくれた。

彼は、新婚旅行も住まいも私の結婚後の仕事も、意見を聞くことなく進めた。

初夜で私が処女であった証拠を見た彼の目に、私は「男」を感じた。優しさは感じられなかった。私はその時、この結婚は間違っていたと悟った、母の目は確かだった。しかし私には帰るところがない。府営住宅の管理人として入居したので、私は仕事を続けることができなかった。だから収入もない。また、離婚を受け入れる世の中でもなかった。

生活は続いた。すぐに長女を妊娠し、私が二十四歳の時に生まれた。貧しい生活ではあったが、それなりに寄り添うところもあった。何か揉めると離婚を考えた。しかし、母の大反対を押し切っての結婚である。実家に戻ることはできない。住居、仕事等で苦労することは目に見えている。同じ苦労をするのなら、この子どもと、この子の父親と苦労するほうがいいのではないかと考え、離婚しなかった。そして三十年近くの日々が過ぎたのである。

結婚とは、一人の人間として成熟した男女が籍を入れ、生活を共にして社会の一員となることである。家庭という集団を築くことである。恋愛結婚は恋愛の頂点で結婚する。共に暮らすと、日常生活を進めるにあたって話し合わねばならないことが、たくさんある。

お互いの存在を尊敬し、互いの意見を聞き、自分たち二人の形態をつくり上げなければならない。好きで一緒にいたいことと、生活を共にし、家庭を築き上げることとは、つながっていないのである。そこには寄り添う気持ちが必要であるということがわかっていなかった。

また、私には〇〇家の嫁になるという意識はなかった。

〈夫とのエピソード〉

1．三人の娘を産んだが、その間に二回、二人の男児を早産で亡くしている。死産ではなく、しばらく息はあった。

自宅に帰った時、夫の腕の中で涙を流したら「泣くな！　俺も苦しいんじゃ」と言った。「あなたは心が苦しいだけ、私は心も体も苦しいんです」と言いたかったが何も言えず。この時から私は夫を頼らなくなった。

2．夫は男の子が欲しかった。二女が生まれたその日、産院で「次のことはまた考えよう」

と言った。女性は出産に命をかけているのに。

3．家事と育児の毎日。夫は仕事のうえでどんどん成長し、私は取り残されたように感じた。三女が三歳になった時、夫は社会福祉法人の知的障害児の通園施設の施設長であった。本園が保育所なので、私は三女をおんぶしてでも何時間でもいいから保母として仕事をしたいと訴えた。が、取り合ってはくれなかった。「社会福祉士」という国家資格はまだなかったので、私は大学四年生の夏に大阪府の講習を受けて、試験を受け保母資格を取っていた。何かあっても、保母資格があれば子連れで「母子寮（今は母子生活支援施設）」で働くことが可能だと考えてのことだった。

4．三人の娘が大きくなってくると、夫の給料だけでは娘たちが大学等に進学することができないと考えて、家でできる仕事を探した。遠山啓氏の「水道方式」の算数・数学の塾を見つけた。中学の数学を復習し、試験を受けて塾を開いた。福祉を取り入れた教え方が良かったのか、四十人以上の生徒が集まった。特に総合塾に行っても成績が上がらない子らが喜んで通ってきた。教材の良さもある。一か月十万円ほどの収入であったが、そのお金で娘たちを短大、専門学校、大学に行かせることができた。何かの折にそのことを夫に言ったら、「その生活の基礎を作ったのは俺だ」と言い放った。

これらの出来事から、私は夫を尊敬することができなくなった。頼れる存在でもなくなった。夫の目には可愛げのない女性だと映っただろう。放っておいてもどうにかするだろうと思わせてしまった。これもまた離婚の一つの原因であろう。

5．夫は新婚時からずっと浮気をしていたことが後日わかった。いろんな人との噂を耳にしていたが、家族以外の人には非常に親切な人だから、女性が勘違いしているのだと思い、夫を信じていた。ある日、知らない男性から電話がかかり、「お前の旦那は俺の女性と関係がある。俺の女性にしたことをお前にもするぞ！」と脅された。私は凛として「私に言われても困ります。私とは関係ありません。夫に言ってください」と返答した。

学生時代から、このような時に慌てずに対応することができた。その当時、通天閣にボランティア協会があった。西成の釜ヶ崎（今は愛隣地区）を歩いていた時、ホームレスに「ねーちゃん、どこに行くんや?」と声をかけられた。私は怖がらずに「通天閣」と笑顔で答えた。また五十歳の頃、当時の市営地下鉄の動物園前のホームで「ねーちゃん、別品さんやなー」と声をかけられた。「ありがとう!」と自然に接することができた。動揺することなく落ち着いているのである。これは天性のものかもしれない。

夫は、その女性は相談に来た人で、何もないと答えた。どう解決したのか知らないし聞きもしなかった。

十数年後にも同じようなことがあった。夫は保護者たちと懇親会の旅行で和歌山県に行っていた。またもや知らない男性から、「あんたとこの主人、○○さんと一緒に泊まっているよ」という電話が入った。すぐに夫に電話すると、同行はしているが同じ部屋ではないと言う。

翌日にまた電話が入った。前日と違う男性からで、また違う女性の名を挙げて、同じ内容の電話である。二日続けて異なる人から電話がかかるということは、これはデマだと思い夫に伝えなかった。しかし、この二人の女性と関係があったのかもしれない。そして結局、五十歳を過ぎた最後の浮気が本気になった。

6. お墓について

私が夫に散骨をしてほしいと頼んだら、「葬式やお墓は残った者が考えることだ」と言ってこれもまた取り合ってくれなかった。早産後に亡くなった二人の子の骨は相談もなく夫の実家の墓に入れていた。

7. 夫は公私の区別がつかない人である。自分のお金は自分のもの、私のお金も自分のもの。福祉の事業に使うのだから、「何が文句あるのか」と言う。私が父から相続したお金も自分のものであった。

しかしこのことについては、はっきりと言った。結果的に五百万円を夫に渡した。成人の施設を設立する時、医療事業団等からお金を借りている。また作業所等事業の拡大もどんどんしていた。計画性がなく、その場凌ぎで自転車操業をしていたのだろう。二千万円貸してほしいと言い出した。夫婦での貸し借りは保証できないことを知っていた私は、妻から夫にではなく、社会福祉法人に貸す形態なら考えると返答した。

結局、理事長と個人の私との間で公正証書を作成した。夫はそこまでするのかと怒り狂った。たぶん理事長の手前、自分の立場がないと思ったのだろう。その二千万円は、父から贈与を受けた母の不動産の相続税を延納にして捻出した。だから毎月返済する形をとった。二千万円の返済が全て終了したあと、私は施設を去った。

以前にも「家の貯金を出せ」と言われたこともある。「貯金は家族のためのものです」と言い切った。企業や商売なら、儲かることもある。しかし福祉事業は儲からない。返金されることはないのである。不動産（ローン付き）の権利書を担保にして銀行から融資を受けたいと言われた時も断った。

自分の思うように私が動かないことに腹を立てていた。

高校の同級生の弁護士の二人（一人は元裁判官）から、家庭裁判所の調停委員にならないかと推薦された。社会福祉関係の給料はかなり低い。また施設長の給料は低くすることも可能である。だから法人によっては大学の講師に行くことも許されている。夫は「お前なんかが、調停委員などできるものか。自分の意見を主張できる場ではないのに」と、これも怒り狂った。自分は交通事故を何度も起こしているので、調停委員になる資格がないことがわかっていたのだ。妻が認められることはプライドが許さなかったのだろう。理事長に相談すると、名誉なことだからやりなさいと励まされた。

そして調停委員を十八年間、定年の七十歳まで無事に務め、平成二十六年春に藍綬褒章を受けた。元夫は知っているのだろうか。

七　ホテルにて

それは今から二十年以上前の十月末の木曜日、京都駅近くのホテルでの出来事であった。障害福祉施設の全国協議会が京都で開催された。夫は成人の通所施設長、私は幼児の通園施設長としての参加であった。

夫と私は、大阪からＪＲに乗って京都に向かった。座席が一つ空き、夫は私に座るように言い、自分は少し離れたところに立って本（ＳＦ小説）を読んでいた。夫は仕事関係の本以外は、ＳＦ小説か漫画しか読まない人である。

私はその日、なぜか夫から浮き浮きした雰囲気を感じた。

ホテルに着き、夫は和菓子を二箱購入し、そのひと箱を「持って帰れ」と私に渡した。

いつもとは何か違う感じがした。

午後から全体会議が始まった。その後、懇親会に移行した。懇親会がお開きになり、いつもなら、夫は私を置いてきぼりにして、他の施設長仲間を誘って二次会に行く。だがこの夜はみなを誘わなかった。仲間の施設長たちから「仲良く二人で楽しんでください」とひやかされて、会場をあとにした。


ホテルの部屋に入ると「先に風呂に入れ」と言う。私はお風呂に入り、パジャマに着替えベッドに座った。すると夫が「話がある」と言って一枚の紙を見せた。

「離婚届」

自分の記入すべき欄はすでに書いてあり、捺印もしてあった。しかし子の親権の欄は空白であった。

その一瞬、部屋の空気、気圧が変わった。夫と私との間に透明のバリアが張られたような感覚をもった。三十年近く生活を共にしてきたその相手はすぐ目の前に見えているが、手の届かない遠い存在になっていた。私の知っている夫ではない。別人格に変容していた。もう何を話しても通じることはないと確信した。

このような仕事の出張の時に、また、このような場所で言い出すとは思ってもいなかった。

決して仲の良い夫婦ではなかったが、苦楽を共にしてきた。私のほうが何回も離婚を口にした。だがそのたびに「俺は、離婚はしない。遅くなっても家には帰ってきているではないか」と言っていた。それなのに……。

「お前とは仕事に対する考え方が違ってきた。三日後の施設の大きな行事が終われば、俺は家を出る。家屋敷（ローン付き）はくれてやる」と言う。「子どものことはどうするのですか」と問うた。「そのうち話しに行く」と。私は親権のことを聞いたつもりだったのに。これではっきりした。私のことや子どものことなど何も考えていないのだ。妻と三人の娘を捨てたということだ。

私は「子どもたちに説明しなければいけないので、今から帰ります」と言った。「仕事をほって帰るのか」と言う。明日は分科会があるが、私の出番はない。私にはこの部屋で、夫と一晩一緒にいることはできなかった。明日からのことを考えなければならない。

夫が本当に仕事のことを考えているのなら、ホテルでこのような重要なことを話しはしないだろう。どうしても今日ならば、二部屋を予約すべきである。しかし夫は離婚の話をしたことで、ほっとした表情であった。浮き浮きした感じがしたのは、このためだったのだ。

私はパジャマを脱ぎ服に着替えて、夜の京都から大阪の自宅に帰った。たぶん夫は、すぐに離婚届を渡したと彼女に報告をしたであろう。

あとでわかったことであるが、彼女は八月にすでに離婚していた。たぶん二人の間では、同時期に離婚することになっていたのだろう。しかし夫はなかなか言い出すことができず、家で話して子どもたちが入ってくると、話が進まなくなるので、旅先で話すことにしたのであろう。

私はついに起こるべきことが起こったと思った。頭の中が真っ白になったが、一方で冷静に考えている自分がいた。

生活費の管理は私がしていた。夫は預貯金の額も知らないだろう。財産分与等金銭的なことで争ったとしても、結果的に金銭的なことは変わらないだろうと、調停委員の私はとっさに計算をしていた。三人の娘は私につくだろう。家を出ることを考えている父親についていくことはないはずだと。

その晩遅くに自宅に着き、二女・三女に話した。長女はすでに結婚し、この年の二月に長男を出産し関東方面で生活をしている。

私の人生が大きく変わった日であった。

八　ホテルでの出来事の前後と離婚

ホテルで離婚届を見せられたあの夜から、夫は家に帰って来なかった。何も持ち出さず。私と三人の娘を捨てた。過去を捨て女性と新しい生活を始めた。

私は幼児の通園施設の職員に別居したことを告げ、「今後どうなるかわからないが、何とか仕事は続けたいと思っているので、協力してほしい」と頭を下げた。

全施設の全職員は、夫がすでに女性と住むマンションを借りていることを知っていた。知らなかったのは妻だけだった。


この日から仕事環境は激変した。幼児の通園施設以外の職員は私から離れた。特に夫が施設に在園している時が酷かった。職員は私と話しているところを見られることを避けた。夫は障害部門を任されていたので、人事とお金を握っている。夫に嫌われたらどこに回されるかわからない。また昇給も期待できなくなる。みな自分がかわいいのだ。

　また夫から幼児の通園施設の施設長になることを依頼された時、夫が送迎するとの約束だった。しかしあの日から私は今までより一時間早く自宅を出て、バス、電車、バスの通勤になった。


　人とは哀しいものである。夫から離婚事情を聞いた人は夫の味方をした。あとでその人に私が事実を話すと、「双方から聞かないと本当のことはわからないね」と言いながらも、私の立場に立とうとはしなかった。反対に私から説明を聞いた人は、私の言葉を信じて応援してくれた。双方から事情を聞き、間に入ってくれた人はいない。

　私たちの間に入り、事を収めるべき役目にある理事長夫妻は、その年の十二月に夫とその女性との四人で旅行に行っている。まだ離婚もしていないのに。

理事長（女性）は、「離婚することはない、その女性に夫の面倒をみてもらって、あなたは悠々と暮らしたらいいのじゃない？」と私に言い、また離婚後、二女の結婚式に夫を呼ばなかったら（二女の意思である）、「呼べば式の費用を出してもらえるのに……」と言った。

退職届を理事長が入院していた病院に届けに行ったら、「辞めなくてもいいのに。ほとぼりが冷めるまで海外に行って勉強してくれば？　辞めてどこに行くか知らないけど」と言われた。

たぶん夫は、私が離婚を言い出していると言ったのだろう。のちに記述する、再婚に関する二女との約束も何も話していないのだろう。理事長に何も説明する気にはなれなかった。

理事長は二か月間の入院中に肺がんで亡くなった。理事長の言うように海外に留学していたら、私は仕事を失うところだった。また傷ついている娘たちを置いて、海外などに行けるはずもない。

私は誰にも転職先を言わなかった。福祉業界は狭いので、転職先にあることないことを言われ、潰される可能性があると感じたからだ。

理事長が亡くなったあとは、その配偶者が就任することになった。

この法人は関西では著名な女性（創設者）が、戦後に私財を投げうって認可をとった社会福祉法人（保育所）である。古くから信用のある法人である。保育所に知的障害児が入所してくるようになり、理事長（創設者）は、知的障害児には専門の療育が必要であると考えた。そして民間の知的障害児通園施設を設立し、娘を初代の施設長に起用した。理事長（創設者）はがんで余命幾ばくもないことを知り、理事長自らが後継者として夫に白羽の矢を立てた。夫の出番がきた。夫は理事長になり、法人全体を動かしたかった。その当時、夫はボランティア関係の仕事をしていた。

創設者ががんで亡くなり、その娘が法人の理事長兼保育所の園長になった。そして夫が幼児の通園施設の施設長になり、のちに私に交代することになるのである。

私は十六年間勤めた。私の退職後すぐに監査が入った。監査は一年に三回あったと聞く。創設者直系の理事長が亡くなり、幼児の通園施設の施設長の私が辞めたことにより監査が厳しくなったのかもしれない。その後、夫は理事長になれず、定年退職をせざるを得なくなり（以前は施設長には定年はなかった）数年浪人し、他府県の知的障害者入所、通所施設の施設長をしていると聞いている。もう七十八歳である。現在のことは知らない。

夫は子どもたちの要請で二回説明に来た。

一回目（二女、三女に対して）は施設の大きな行事の翌日、月曜日の晩だった。私はなぜか怖さを感じて、こたつの中で三女の手を握っていた。

「十年ほど前から仲が悪くなった。俺の目的は事業を拡大することである。そこの考え方が違うので離婚する」と。子どもたちは「それなら、結婚したことが間違いだ！」と言ったが、夫は何も言わなかった。

二女が、「私たち二人が結婚するまで再婚しない、婚姻届を出さないということを約束してほしい」と言った。夫は約束した。施設の大きな行事の時に、二女と私は、夫と女性が車にいろいろな物を運び積んでいるのを見ていたので、二女は不倫が原因だと確信していた。三女は、「そしたら私は、いつまでも結婚することができない。親が離婚するなんて嫌だから」とも言った。この二人の娘の悲痛な気持ちを夫はどう捉えたのだろうか。三女の親権者のことも話題とならなかったのだから、何も考えてはいない。

その夜、夫が帰ってから、私と子ら三人は朝まで何やかやと話をしていて眠れなかった。翌日の朝、二女に「いってらっしゃい。寝ていないから気をつけてね」と言って仕事場に送り出した。すぐに警察から電話が入る。自転車で駅まで行く途中、車と接触し怪我をしたらしい。幸い入院の必要はなかったが、その事故で私ははっとした。私がしっかりしなければ、気を引き締めて事態を受けとめなければいけないと。この娘の事故がなかったら、私は毎日泣きくれて立ち上がれなかっただろう。

二回目は長女からの要請である。長女は夫（長女の）の大阪出張に付いて、生後九か月の男の子を連れて関東方面から来た。

私も長女も孫が生まれたら、父親は大喜びするだろうと思っていた。しかも男の子である。他人の子でもお風呂に入れる人だったから。

しかし、長女の出産前後一か月半の里帰りの間、父親が夕食を共にしたのは、二晩だけだった。来た日と、帰る前の日。長女が「私、明日帰るから、せめて今晩ぐらい早く帰ってきて！」と電話をしたのだ。十二時頃帰宅して孫をお風呂には入れてはいたが、可愛がりはしなかった。もうその頃から女性がいたのだろう。

その頃、不思議に思ったことがある。ある日の朝食のあと、夫の背広にほこりがついていたので、手を伸ばして私が取ろうとした時、触られまいと体を引いた。また、長女が出産で入院している病院に夫と一緒に見舞いに行ったが、その時も孫にあまり興味を示さなかった。そして外食した。その時「タバコを吸うてええか？」と聞いてきた。タバコを吸わない人が結婚の唯一の条件だったことはわかっているはず。離婚を決めていたからこそ言えた言葉だったのであろう。

二回目に来た時、夫は前回と同じ説明をし、「今日離婚届に判を押せ、お前はすると言っていてもしないから」と言う。また、「離婚届に判を押さないなら、家庭裁判所に調停を申立てる」と言った。私が調停委員なので、中立てをされると困ることがわかっていての発言である。私は二階に印鑑を取りに行こうとしたが、保証人の欄が白紙である。私の知らないところで事実ではない説明をされ、夫側の人に保証人なってもらうことには納得ができなかった。今日、判は押せないと断った。その後、夫は玄関を出て外でタバコを吸って帰った。結局タバコはやめなかった。

結果的に保証人は長女夫婦がなった。

長女が孫を連れてその年のお盆に帰省した時、こう言ったことがある。「父ちゃん、孫ができたら家庭を少しは省みると思っていたけど、変わらなかったね。母ちゃん、離婚したいなら、してもいいよ」と。その言葉を聞き、私は考えた。私が仕事を辞めれば、喧嘩することもない。調停委員と算数教室をしていけばよいと思った。ここでもまたボタンの掛け違いになった。

　私が夫の仕事を手伝うようになったのは、夫が保母資格を持っている私を職員にしたことから始まる。その後、成人通所施設を幼児通園施設の同敷地内に建て、施設長を兼務していたのだが、法律が変わり兼務できなくなった。そこで私を施設長に据えた。それで、算数塾を縮小し勤めるようになった。

　そうなると夫の仕事内容が見えてくる。自分の懐を肥やすわけではないが、法律すれすれの仕事をしていた。唯一私がブレーキ役となり衝突もした。夫は一言、「俺よりお前のほうが施設長としては向いているなー」と言ったこともあったが、事業を拡大するにつれて私が邪魔になったのだろう。

　夫は何か問題が起きるとその場を解決するために、すぐに約束を反故にする。そのことでよく揉めた。私は「約束をしたではないか、なぜ守らないのか」と責めた。夫は謝らず「事情が変わったから仕方がない。過去のことに拘っていたら物事は前には進まない。俺が悪いのではない」といつも言う。それならば、事情が変わったことを説明する必要が生じるだろう。それが誠意ではないかと私は思う。

人は誰でも自分の視点からものを考える。話し合いをし、またじっくりと考えることが必要だと思う。人間関係は相互関係であるのだから。


夫は私がすぐに施設を辞めると思っていたらしい。しかし、そんなに簡単に辞められる職ではない。私は初めて夫に施設に関する私の姿勢、考え方を話した。夫は私が真摯に仕事に関わっていたことに驚いた様子だった。

毎年秋になると、児童相談所のケースワーカーから、次年度に入園予定の児童のケースについて紹介が入る。母親が子どもの手を引いて見学に来る。その時、応対するのは私である。

児童相談所で子どもの発達検査がされ、母親に知的障害の疑いありと説明されている。私は「今は発達に遅れがある。集団に入り、遊びの中で発達を促していこう。基本的生活習慣、生活のリズムをつけよう。一緒にやっていきましょう」と話す。母親は通園している子どもたちの様子、子どもたちと保育士との関わりを見て、自分たちだけではないことがわかり、目の前が少し明るくなる様子であった。「入園式に待っています」と言って終わる。入園した母親が言う。「先生、見学に行く前は子どもと電車に飛び込むことばかり考えていたんです。ここに来てよかった！」と笑顔で。

進路指導をし、卒園後のフォローもした。私も保護者と子どもたちに教えられ成長した。のちの仕事もこの仕事が原点であり宝である。入園式で顔を知っているのは、保護者にとっては私一人である。私的な理由で辞め、藁にもすがる思いで入園した親子を裏切ることはできなかった。

私が母の相続で得た土地に家を建て少し落ち着いた頃、子らが「母ちゃんには悪かったけど、父ちゃんに会いたい、一緒にご飯を食べたい」と元夫に電話をしたことを打ち明けてくれた。しかし「忙しい」の一言で会えなかったと。二女、三女は父親に再度見捨てられた。これは二女、三女のその後の人生に大きく影響を及ぼすこととなる。長女は結婚し子どもも生まれ、自分たちの生活基盤があったので動揺は少なかった。

私の味方だと思っていた娘たちが、父親に会いたいと考えていたことに驚いた。想像もしていなかった。どんな父親であっても、子は会いたいのだという事実を突きつけられた。このことが現在の私の仕事につながる。

二女、三女は必死で毎日を過ごしている母親を見ていて、自分に寄り添ってくれる人を求めたのだろう。身近な男性と恋をし、結婚したがうまくいかず離婚した。その後、二人ともいい人と出会い再婚して、今は幸せな生活をしている。

私が離婚届を出したあとすぐに、夫と彼女は婚姻届を出した。彼らは学生時代に、キャンプカウンセラーの会合で顔を合わせていた。最近になって再会し、交際が始まったらしい。婚姻届を出したその日、彼女が自分の仕事場で、知的障害者に「私は結婚し××さんになった。これからは××さんと呼びなさい」と、物事を理解することが難しい利用者に言っていた。

私は速やかに公的文書、印鑑を濱谷（旧姓）に戻してほしいと総務に直談判した。彼女の人となりがわかり、私は彼女が意地悪をしてきても無視した。夜の会議の時、私が主任と夕食をとっている店にわざわざ二人で入ってきて、私たちのすぐ後ろの席に座って、夫婦の会話をするのである。勝ち誇ったように見せつける。そして二人は一緒に車で帰る。私は三十分以上歩いて帰る。職員は元夫の手前、私を車に乗せて送ることができないのだ。

彼女は私と同年生まれである。学年は一年下である。元夫と彼女は籍を入れて、その翌年の春、施設を挙げて実行委員会方式の結婚式を実施した。元職員にも案内状を出した。「園長（私のこと）は亡くなったのか」という問い合わせが、みなからあったと主任が嘆いていた。その年に二女が結婚することがわかっているのに、約束に反して籍を入れたのである。

元夫の再婚相手が尊敬できる人だったら、私は生きていられなかっただろう。

その後、少しずつ二人からの嫌がらせが始まった。幼児の通園施設にお金が回ってこないのである。給料は支払われるが、プールの修繕などを請求しても予算にあげない。また、成人の施設でうまくいかない職員を幼児の施設に回してくるようになった。これでは、私がいることによって、子どもや保護者、職員にとって良い環境は生まれない。二年半の間、障害を持つ子や親とともに歩もうと頑張ってきたが、辞める時期がきたことを悟った。

その時期に、大学の時のゼミの友人で、実習先が同じだった前述の男性が次の職場を紹介してくれた。

夫婦別姓制度を望んでいた私は、離婚という形で「濱谷みな」として再出発した。

九　仕事のつながり（ライフワークに）

医者や看護師になりたかったが、手術はとてもできないし、注射も打てそうにない。教師も夢だったが、先生と生徒の関係性は、私にはそぐわない気がした。家庭裁判所の家事調停委員として十八年間、裁判官、調査官、書記官、そして当事者や弁護士と合意を目的に関わってきたが、私はもう少し当事者と話し合いたい。その人の生活、背景等、じっくり話を聞き、当時者が客観的に自己をとらえ、自己決定をする過程（エンパワメント）に伴走したいという思いが残った。

仕事はいつも向こうからやってきた。その中で身体、知的、精神障害児者と出会うことが多くなる。その人たち、制度について勉強もした。

家庭児童相談室、遠山啓氏の「水道方式」の算数・数学塾、知的障害児の通園施設、児童家庭支援センター、身体・知的障害者の通所授産施設（現在は就労継続支援B型）、家事調停委員、そして現在は公益社団法人の会員になっている。全国に十五か所あり、私は主に相談、面会交流支援、後見人の受任等に関わっている。

特に面会交流支援に力を注いできた。

離婚後に、娘たちが家を出た父親に「一緒にご飯を食べたい」と電話をしていたことを知った。私の元にいる娘たちが、あの父親に会いたがっているとはとても信じられなかった。この時、私は悟った。自分が一番苦しいと思っていたが、苦しかったのは娘たちのほうだったと。この当たり前のことが、わからなかった。毎日の生活と少し先の生活しか考えられなかった母親は、子の気持ちなど思う余裕はない。衝撃であったが、夫婦は離婚し関係がなくなっても、子と父、子と母の関係はなくならないのだと思い知った。心の底にストンと落ちた。

父親は「忙しい」との一言で会わなかったらしい。いや会えなかったのかもしれない。この返答は、二女、三女に自分たちは父親に捨てられたという思いをもたせた。このことも重なって、二女、三女は自分の周りの優しい男性に寄りかかり、結婚した。が、うまく行かず、二人とも離婚することになる。大きな影が生じた。現在、二人とも再婚し、幸せに暮らしている。二女には、小学五年生の女児と幼稚園年長の男児がいる。長女も二女も大阪にいる。三女は夫とともに、永住権を取るためにニュージーランドに行き仕事をしている。もう何年になるだろうか。

四人の孫をもった。その長女の二人の子（孫）らが思春期に、母方の祖父がいないことに疑問をもち、長女に聞いたそうだ。長女は、「ばーちゃんと一緒に暮らしてはいないけどいるよ。会うか？」と返答した。父親と連絡をとり、日時を約束したが、施設で急用ができたからとの連絡で実現しなかった。再度の約束はなかったようである。

離婚した時、長女はもう結婚し子もいた。家庭があったので、離婚の影響は二女、三女ほど大きくなかった。だから、何かあると長女のほうから父に連絡できる関係にある。事実は同じであっても、その時の環境が異なった。娘たちへの影響も異なったのである。

この実体験で、私は離婚後また別居後の面会交流は子らにとって、絶対に必要であることを確信した。


こんな経験もあった。

学生時代二年間の実習で長期欠席児（現在の登校拒否児童）宅を訪問したことがある。事前に連絡は入れず、インターフォンを鳴らす。女子中学生が出てきた。私は彼女に来訪について、何と説明をしたか覚えていないが、玄関先で追い帰された。「二度と来るな！あんたなんか死んだらいい！」と。私は立ちすくみ何も言えず外に出た。「死ね！」という言葉は私の心に刺さった。今の私なら、彼女がその言葉を投げかけざるを得ない気持ちを受け止め、言葉を返すことができるが、あの時は彼女のつらさを受けとめる余裕はなかった。彼女も私も緊張していた。

三女が二歳にならない時に、夫に懇願された。職員である母親が作業所の仕事をするために（今までは保育所に夕方まで預けていた）、支援学校一年生の重度のダウン症候群の男児を平日二時～五時まで面倒を見てやってほしいと。断り切れず面倒を見ることになった。

長女、二女らが学校から帰宅するまでは、ひと時も目を離せない。その子は三女を動く人形のように認識していて扱うので危険である。娘たちが下校するとやっとトイレに行けるような状態であった。しかし、三女が便をして慌ててオムツを替えている時は、臭いと鼻をつまみながら私の横でおとなしくしている。大変な状況であることを察しているのである。

言葉は数個の単語のみであった。知的障害児と蜜に接するのは初めてであったので、ダウン症、言葉の表出の本を購入し勉強した。夫はボランティアでと思っていたようであるが、私はその母親と話し、時給（二百円以下だっと思う）を請求した。お金は魔物だ。安くともお金が支払われると仕事になる。たとえ、どんなにしんどくても文句は言えない。

頑張れるのである。
約一年半が過ぎた時にふと気がついた。この母親は、私が子の面倒を見ることによって働くことができるが、そのために私は、この子が大きくなるまでずっと関わらなくてはならないのではないかと。これは不合理であると思った。三女が三歳になった時に辞めた。

私が辞めたことが、障害児の放課後のデイサービス制度の創出につながることとなる。それまでは、制度を作るよりも、母親同士での預かり合いやボランティアに頼っていたのである。しかし私は、知的障害児について多くを学んだ。この経験が知的障害児の通園施設で生かされた。人生とは面白いものである。

そして、家でできる仕事はないかと探した。三人の子が公立高校に合格できずに私立に行かざるをえなくなると、夫の給料ではやっていけないことに気がついたのである。長女が中学生になり、数学につまずいていた。塾を探したが良いところが見つからない。遠山啓氏の「水道方式」に出合う。「量から数へ」「分析と統合」という考え方であるが、遠山氏にはのちに、トルストイ、宮沢賢治とのつながり、そして知的障害児とのつながりもあったことがわかる。近くに教室がなかった、また数学が嫌いではなかったので、自分でやるしかないと考えた。中学の数学をおさらいし、試験を受け、数か所の実習を経て塾を開いた。

福祉を目指して歩んできたが、福祉と決別するのだという一つの覚悟をした。自分が求めていた道とは異なることをするのだという寂しさがあった。

自分の子も含めて、口コミで地域に広がった。四十人以上の小学生、中学生を教えるようになった。入会希望の連絡が入ると、保護者に「水道方式」の説明会を開く、そして十人以下の集団で教えるが、一人ひとりの習熟度が異なるので、個別対応をすると話した。

家庭訪問もした。一か月に一回連絡票を作成し、子どもと保護者との連携を図った。集まってくる子の多くは、授業についていけない、また総合塾になじめなかった子であった。自分の子に教える時は「なんで、こんなことがわからへんの？」と叱っていたが、他人の子になると自分の教え方が下手なのだ、もっとわかりやすい説明をしなければと模索するのである。結果的に私は、素晴らしい教材を使い福祉の手法を持って子に接していたのである。決別ではなかった。ここでの子どもたちとの関わりは自信につながった。

数学を通して「筋道を辿り答えを出す」ということは、将来子どもたちが何かにぶつかった時に、自分の頭で考えるという基礎作りができると考えた。シュンとして母親に連れられて来た子らの表情が、理解できるようになると輝いてくる。そして、勉強だけでなくその子が変化するのである。子どもの笑顔は何にも代えがたい。この仕事は私に向いている、この仕事を続けていこうと思って頑張っていた矢先に、夫が自分の仕事に協力してほしいと言い出す。そして私は、塾を縮小し勤めることになるのである。

知的障害児通園施設での私のモットーは、園児その保護者、職員に対して平等に接することであった。「家では~ちゃんと呼んでいるのに、なぜ子どもを呼び捨てにするのですか？」との一人の保護者の言葉にはっとし、職員同士も呼び捨てやあだ名で呼ばないこととした。園児への呼び捨ての禁止には一年かかった。意図的でない言動を変えるには時間がいることを学んだ。

また、少しの時間があると職員室でタバコを吸うことが常態化されていた。園児がいる間はタバコ禁止にした。職員会議では休憩時のみとした。

臨床心理士が入り、「ピアジェの発達心理学」を取り入れ、発達段階のグループを作り、遊びを通して基本的な生活習慣、生活のリズムをつけることにより、園児らの発達を促すことを目的とした。

学んだことは、どのような状態の子でも時間がかかるが成長するということ。園と家庭で子に対して同じ対応を続けると、問題行動、注意喚起行動等はなくなること。保護者とどこまでも真摯に話し合うこと。その子の父親、きょうだいとの集いを大切にすること。目の前の子らだけではなく、その子の将来を見据え、家族全体を視野に入れることの大切さだ。


児童家庭支援センターは、児童の入所施設の付設の事業である。本体施設の協力もあり、二十四時間三百六十五日開設している。ケースワーカーとして、地域の児童相談所、保健所、病院、学校と連携を取った。また臨床心理士とともに子のプレイセラピー、親のカウンセリングなどに取り組んだ。新しい分野であり、見本がないので、本を読み、技術も学んだ。

身体、知的障害者の授産施設では、十八歳以上の子らを育てている保護者との関わりを大切にした。

そして調停委員をしながら、現在の仕事に就く。

面会交流は、子に「パパとママは大好きになって、あなたが生まれた。あなたが生まれたことを、みんなとても喜んだんだよ。でも大人の事情で、今パパ（ママ）とは一緒に暮らしていないよね。今日パパ（ママ）が会いたいと言って来ている。ママ（パパ）も会っていいと言っている。会ってみようか」と説明することから始まる。子はキョトンとしているが、しっかりと聞いている。子は小さい大人ではない。自分の周りの大人が何を考えているのか、何歳であっても感じ取っている。母親は「子が大きくなって、子が会いたいと言ったら会わせます。今はそっとしておいてください」と言う。大きくなってからとは何歳なのか、子は「会いたい」と言えるのであろうか、その時、誰がどのようにして会わせるのか。母親はこのことを先に延ばしたいだけである。その母親の気持ちはよくわかる。今、子と生活することだけで精一杯なのだから。子の側に立って考えることなど精神的に余裕がないのである。子の心の中を想像することなどできない。

それぞれの家庭にいろいろな事情があり、いろいろなことがあったのだろう。しかし親に会いたくない子はいない、自分のことを気にかけてほしいのだから。小さい時から父（母）に会い、子に良い父親像（母親像）を植えつける。母親は「私は、二十四時間子どもと接していて叱りもする。父親はたった二時間会って楽しく遊ぶなんて、良いとこ取り」と言って顔をしかめる。父親は「自分の子なのに二時間しか会えない。早く相談室の支援から自立したい」と言う。しかし面会交流を細く長く続けると、子は自分の目で、父、母を見つめる。そして、その背中を見て育っていくのである。多くの子は成長するに従って、父母のことは、「どちらもどちらだ」と捉えるのだ。子が変われば、父も母も変化する。父や母の考え方が変われば、子も変化するのである。

七十歳くらいの男性が、何十年前に別れた子に会いたい、また三十年前に別れた父に会いたいという三十代女性の相談もあった。時間が過ぎると会うことにエネルギーがいる。また精神的な負担も大きくなる。現在の家族への配慮もいる。そして、協力してくれる人の存在が欠かせない。

離婚を考えるようになった時、夫婦がどうするかということよりも、子の気持ちを先に考えてほしい。「子を愛しているけれども、父母は一緒に生活はできなくなった。致し方のないことである。だけどいつでも会えるよ」と、父母二人で子の目を見て話してやってほしい。そうすれば子は納得するであろう。また心に傷を負うことも少ないであろう。

このことが、私の体験からの願いであり、それを子と親に伝える仕事を続けている。この仕事は私に与えられた役割であり、この生育歴で生まれた理由だったのだと昇華している今である。

十　私を温かく包んでくれた人ともの（離婚後）

元夫が家を出た翌年の秋、結婚するまで二十年以上過ごしていたこの土地に私は戻って来た。翌朝、路面電車の踏切のカンカン、電車のガタンガタンという音で目が覚めた。「おかえり」と言っているような温かい音だった。懐かしさは、景色や人から感じるものと思い込んでいたので、自分に起きている感覚に驚いた。この音が体に染み渡るのをじっと感じていた。

離婚については、元夫に対して怒りも恨みもない。ただ、どうしてこの人と出会ったのだろう、生活基盤を創ることができなかったのだろう、話し合いもなくなぜ突然あのようなことになったのだろう、二十年以上何を積み上げてきたのだろう、と自分を責める。しかし、この考えを突き詰めると三人の娘の存在を否定することになる。今でも時々考え、争っている夢を見ることもあるが、答えはない。哀しいが自己責任である。

七十六年間生きてきて、真摯に事柄を受けとめ自己決定し歩んできたのは事実であるが、運命とか外から風が吹いてくるような感覚を持つことがある。悩んで気が落ち込むことを何度も経験したが、そのような時には、落ちるところまで落ちる。その落ちていく自分を静かに見る。考えや感情が頭や心に浮かぶが浮遊させておき、結論はあえて出さない。不思議なことに、しばらくすると外部、外から変化が起きるのである。そうすると行くべき路がおぼろげながら見えてくる。何かに導かれるように感じる。そして包み込まれているのを感じる。

冬のある日、友人と奈良の中宮寺を初めて訪れた。お堂に入り弥勒菩薩のお姿を見た時、「あなたのことは、すべてわかっているよ」との言葉が私の心におりてきた。一瞬の出来事だ。私のつらさをわかってくださっていると感じた。涙があふれだした。そして心が浄化された。友人は私の涙を見て驚いていたが、声をかけずに静かに見守ってくれた。

私の悲しみ、苦しみを知っておられる。そして許しをいただいたと感じた。あの時の不思議な感覚を忘れることはない。

ある時、友人たちと中学三年生の担任（美術の先生）のお宅に伺った。先生は二階から分厚い二冊の写真集を持って降りて来て、私の前に置いた。「どちらがいいと思うか？」と言われ、江戸時代の木彫師の「木喰」と「円空」の作品だ、と説明された。手に取りざっと目を通した。円空の木彫仏を見た時、その素掘りの仏像の温かさに惹かれ、先生に「円空がいい」と言ったら「そうかい」と言われ、その高価な写真集を貸してくれた。

粗削りの仏像から温かく包み込まれるような慈愛を感じた。そして円空と私は何か同じ匂いを持っていると感じた。

帰宅後、『円空鉈伝』（古田十駕著／二〇〇三年幻冬舎）など、円空に関する本を数冊購入して読んだ。「あ、そうか」と納得。円空は名主の娘の心外児（私生児）だ。また母親は長良川の洪水の時、円空を抱いて川を渡り、肺炎で亡くなっている。同じ痛みに引き寄せられたのかもしれない。

ホテルの出来事のあと、年末までに自宅を売却し、相続した土地に家屋を建てる決心をした。その時、幼児の通園施設の保護者の方々が手伝ってくださり、この大きなことを成し遂げることができた。うまくいく時には、全てが前向きに進むということを経験した。

たくさんの友人がいたが、歳をとり各々の環境が異なってくると、特に女性の場合、緊密度が高い人ほど疎遠になることがある。中には、友が窮地にいる時は同情し親身になって寄り添ってくれるが、いったんその友が自立して歩み始めると、「あれだけ助けてあげたのに、私の言うことを聞かない」と言って非難する人がいる。また友が幸せを手に入れると、その喜びを共有できない人がいる。私が離婚した時、藍綬褒章をいただいた時に、哀しみ喜びを共有できない淋しさを感じた。私の対応が悪かったのかもしれないが。しかし、そのような時であっても、変わらずに寄り添ってくれる友人もいる。「物事には白、黒だけではなくグレーゾーンがある」と教えてくれた友。私はそのグレーゾーンが一番苦手なのである。また七十五歳で親しくなった高校の同級生もいる。この歳になって見守ってくれる友が数人いる。宝物である。

離婚後、あまりにいろいろなことに遭遇し、眠れなくなったり悪夢を見るようになったりした。その時に出会った精神神経科のＤｒは私の症状を「睡眠障害」と診断し、十年以上見守ってくださっている。

また風邪とストレスから難聴になった時、病名が判明するまで半年かかった。そのあとに紹介された耳鼻科の女性のＤｒは、丁寧に現状を説明して、狭い耳管を通すことを何度も試みて完治するまでの五か月間、温かく励ましてくれた。

この二人のＤｒから、病気とは、医者が治すものではない。医者と患者が手をとりあって治すものであることを教えてもらった。また患者は体も心も元気ではない。だからこそ明るい笑顔で、温かく接することが大切だとも教わった。このことは、私の仕事にも通じることである。悩んで相談に来る当事者を迎える時に、当事者に笑顔と温かみを感じてもらい、当事者も笑顔で帰ってもらえるように心がけている。七十五歳を過ぎても学ぶことがあり、また学ぶこともできる。

人間何歳になっても、その気になれば成長できるということを教えてもらった。

私は小学校一、二年の担任に勧められて合唱部に入った。その後、ずっとコーラスを楽しんでいる。混声四声が合い、ハーモニーが響き合う、あのゾクゾクとする感覚は何にも代えがたいものがある。

三年前の深夜、ＮＨＫのテレビをぼーっと観ていた。東北地方の稲作を研究し苗を作っている女性の話だった。終わりの映像は、見渡すほどの穂波を背景に、女性のアナウンサーと男性の歌手が映された。「青葉城恋唄」が流されていた。私はその曲とＮＨＫの紅白歌合戦に出演されていた歌手の姿をうっすらと覚えている。その映像を見ながら、「懐かしい、心に沁みわたる素晴らしい唄だなー。この方は、充実した四十年の歳月を重ねてきたのだな」と感じた。若い頃の精悍な感じではなく、温かい眼差しを感じた。真っ黒な長髪は真っ白になっていた。この唄が琴線に触れた。

作詞作曲もし、東京でなく故郷の宮城県を中心に活動している。あえて「東日本津波原発大震災」と称している。復興に向けて、自分も被害者であり被害者に寄り添っていることを知った。その詩、曲、声に癒された。

旅行が好きでない私が、マネージャーさんに辿りつき、あちこちのコンサートに出かけている。友人は「あなた、そんなにミーハーだった？」と揶揄されているが、これもまた出会いであろう。

「夢の旅人」（作詞　坂口照幸／作曲　桜庭伸幸／歌　さとう宗幸）という唄がある。

　これまで何を　探していたのか　これから何を　探すのか
　風の迷い子　幼いころの　夕焼け　追うばかり
　きっと人生は　答えのない旅　生きてゆくことが　その答え

君は今でも　愛してくれるかい　遠き夢みし　旅人を

どこまで行けば　岸辺はあるのか　いつの日辿り　つけるのか
黙して語らぬ　旅路の果てに　しずかな光あれ
きっと人生は　寄る辺のない川　流れ流されて　その途中
君はそれでも　待っててくれるかい　遠き夢みし　旅人を

昨年長女（五十二歳）ががんになった。子ががんになったことを親が受けとめることは非常にしんどい。私はこの唄を偶然聴き、「そうだ悲しんでいても仕方ない。人は運命に抗うことはできないのだ。『答えのない旅　生きてゆくことが　その答え　流れ流されてその途中』なのだ」と悟った。この唄で救われ、平静を取り戻せた。乗り越えつつある今現在である。長女は三回の手術を乗り越えて今のところ再発はなく、順調に回復しつつある。私は感謝の日々を送っている。

私にとって「至福の時」は、「さとう宗幸」氏のCDを聴きながら、本を読むことだ。

七十六歳の今、三人の娘と四人の孫たちが近くにいる。友人もいる。ライフワークである子どもたちに寄り添う仕事もある。

一人の生活は、孤独であるが自由である。

青春時代のあの輝いていた頃を懐かしく思うが、同時に七十六歳の今も輝いていたいと思う。

「七十六歳、万歳！」

著者プロフィール

濱谷 みな（はまたに みな）

1944年、大阪府生まれ。

関西学院大学社会学部福祉社会学専攻。南海福祉専門学校（通信課程）卒。

保育士資格を有し、知的障害児通園施設、知的障害者通所授産施設の施設長、その他、ソーシャルワーカーとして務める。

家庭裁判所家事調停委員、参与員。

現在は公益社団法人正会員。

平成26年春、藍綬褒章受章。

「あの時」七十六歳を振り返って

2021年５月15日　初版第１刷発行

著　者　濱谷 みな
発行者　瓜谷 綱延
発行所　株式会社文芸社
〒160-0022　東京都新宿区新宿１－10－１
電話 03-5369-3060（代表）
03-5369-2299（販売）

印刷所　株式会社フクイン

ISBN978-4-286-22532-6　JASRAC 出 2100849－101